原振俠

系列
少年版

01 天人 〈上〉

作者：倪匡　　文字整理：耿啟文　　繪畫：東東

序

　　回想《衛斯理系列少年版》推出之時，作者倪匡對此大感讚嘆，更樂為之序，後來與他談及改編另一個科幻小說系列《原振俠》，他也笑言喜見其少年版。遺憾倪匡已不能在地球上看見這部作品順利誕生，但願他在某個角落得知，活着的人依然秉承他的心願，繼續推廣其作品，讓更多少年人認識他的創作，好讓這些不朽經典流傳下去。

明報出版社編輯部

目錄

角色介紹

黃絹
在法國的畫廊工作，充滿神秘感的女子。個性倔強，神態高傲。

原振俠
在日本輕見醫學院留學的醫科三年級學生。溫文、帥氣、聰明。

第一章

不死之身

　　三十年前，在某場**戰爭**中，原林中尉是一名軍醫。他有寫日記的習慣，而當中有幾天的日記，記載了一件奇異的遭遇。

四月十七日 **陰雨**（似乎根本沒有晴天）

　　今天遇到了一件不可思議的事，完全超出了人類的醫學知識。

　　傍晚我跟隨隊伍爬過一個深約

兩公尺的炮彈坑時，突然感覺到有東西絆住我的腳踝。我馬上用 **電筒** 一照，天，竟然是一隻獨立的 **手**，緊緊地抓住了我的腳踝！

　　當時我驚駭得說不出話，瞪着那截手臂好一會，才發現原來那不是殘肢，而是從泥土下伸出來的。

軍醫隊的隊員紛紛趕來炮彈坑中，看到一隻手從泥土裏伸出來抓住我的 足踝 ，都驚駭不已，立刻用雙手挖掘着泥土。

接着，有更多隊員帶着 工具 趕到，有了工具，挖掘的進度加快了不少，五分鐘後，終於順利把那個人從泥土裏拉出來，用 水 沖掉他臉上和身上的泥，可以看出他穿着日軍的制服，是一名日本軍官。

那時我們所有人都面面相覷，一句話也說不出來，心中想着同一個 問題 ：這個人怎麼可能被埋在泥土裏那麼久，還能活下來？

那是一個 炮彈坑 ，該處的戰役在三小時前已結束，這個人會被泥土掩埋，當然是在戰事進行期間的事，那就是說，至少超過三小時了。

而剛才挖掘時，我們明顯看到濕軟的泥土將他的五官

完全封住，他根本**無法呼吸**。人的腦部只要缺氧幾分鐘就會死亡，這個人怎麼可能在缺氧三小時的情形下，仍然活着呢？

當然，他的身體很虛弱，我們將他抬上了擔架，在他**耳邊**清楚地告訴他：「你還活着，但你已經成為我軍的俘虜，希望你不要亂動！」

我的日語不太流利，但那日本軍官顯然聽懂了，躺着不再動。**擔架**迅速被抬走，我帶着其餘的隊員，繼續執行任務。

這個在濕土中至少被埋了三小時的日本軍官，如何還能活着？真是不可思議。等到戰爭結束之後，我一定要研究出當中的原因，這很可能是人類醫學的**大發現**！

以上就是原林中尉三十年前其中一篇日記。而當中提及的怪事，竟然牽連到三十年後的今天。

地點發生在日本神戶東郊，一座規模相當大的全科醫院，以創辦人輕見小劍博士的姓氏命名。

一輛大巴士駛到輕見醫院門前的空地停下來，車身掛了一幅白布橫額，寫着「輕見醫學院學生實習團」。車上的年輕人，全是輕見醫學院的學生，其中一個是中國留學生原振俠。

當車子停下來的時候，原振俠正和幾個同學在大聲唱歌，車子一停，已有幾個同學迫不及待要下車。井田副教授一臉嚴肅地宣布：「請等一等，有幾句話要說！」

車廂中頓時靜了下來，井田副教授清了清喉嚨說：「各位同學，今天我們來醫院實習，大家到醫院的檔案室去，翻查已過世病人的醫療檔案，每人找一份，設想自己是當時的主治醫生，作一份報告，詳述對這個病人的醫治方案。」

出名調皮的原振俠歡呼着應了一聲，便一馬當先下車去。

他的宿舍室友羽仁五郎匆匆趕上來，好奇地問：「原，有不少名人在這醫院過世，你準備選哪一個人的檔案？」原振俠瞇着眼，**故作神秘**地説：「輕見小劍博士！」

「什麼？輕見博士？」羽仁五郎眼睛睜得老大，「這像話嗎？誰都知道輕見博士去年在一椿嚴重交通意外中喪生，一列**火車** 撞上了他的座駕，博士當場死亡，還有什麼醫治方案可做？」

原振俠狡猾地笑了起來，「那才好，報告上只用寫：送抵醫院，**證實死亡**。」

五郎不以為然地搖着頭。這時候，隊伍已經進入了醫院大樓，井田副教授帶領他們去檔案室。原振俠將聲音壓得極低，對五郎説：「其實，我不相信輕見博士已死。」

「胡説！你又來惡作劇了！」五郎失聲道。

原振俠卻一臉正經，「不是**惡作劇**，是真的！」

五郎不禁發急，「去年我們全校學生都參加過博士的喪禮！」

　　「對，我們也看到博士躺在棺材裏，但他可能沒有死。」

　　五郎把原振俠當作瘋子一樣瞪着，原振俠便解釋道：

「一個人可以被埋在泥土中，超過三小時而不死，在理論上來說，他也有可能躺在棺材裏一年，而仍然活着！」

五郎連叫了他七八聲「**獅子**😕」。

原振俠嘆了一聲説：「那是真的，我父親和輕見博士是好朋友，許多年前在戰場上認識的。」

五郎雙手掩着耳，不願再聽，加快**腳步**👣來到檔案室。

一到檔案室，原振俠便舉手説：「請把輕見博士的檔案給我！」

原振俠這樣一説，**所有人都向他望來**👀。

井田副教授皺着眉，「原君，輕見博士是傷重致死的。」

「我知道。我想研究一個人在重傷之後，還有沒有**挽救**🧰的方法。」

井田副教授悶哼了一聲，心中已決定，不論原振俠如

何寫**報告**，都不會給他及格的分數。

　　檔案室主任真的把輕見博士的檔案交給原振俠，並講解道：「院長被送到醫院時已經證實死亡，所以只是循例拍了Ｘ光片，共二十張，但完全沒有**診治**過。」

　　原振俠把那**牛皮紙袋**接過來，笑道：「那麼這些Ｘ光片很可能也沒有人看過，我將會是第一個。」

　　主任點頭說：「對，的確是這樣。」

　　所有學生都選好檔案後，便離開醫院，回到宿舍。羽仁五郎很用功，一回去，就仔細**研究**他帶回來的那份檔案。

　　原振俠卻把那紙袋丟到一邊，一直沒打開。五郎禁不住**好奇**地問他：「你今天說，什麼三小時被埋在泥土中不死？」

　　原振俠便把父親在日記裏記載的事告訴他。

原林中尉，就是原振俠的父親。以下是接着第二天的日記：

四月十八日 陰雨 （雨看來永遠不會停止了）

昨天被救出來的那個日本軍官，我今天終於有空去見他，他一看到我，就霍地站了起來說：「輕見小劍上尉，軍醫官，兵籍號碼一三三四七。」

他已經是我軍的一個俘虜，我叫他用漢字寫出自己的名字，他立即用手指在泥地上寫出「**輕見小劍**」四個字。

「你看來很健康。」我說。

他挺直了身子，「是，一直很健康。」

我又問：「你是在什麼情況下被泥土掩埋的？」

他的神情很**惘然**，反問道：「我……被埋進泥土？」

我怔了一怔，將我發現他的經過，向他說了一遍。他搖着頭，「我全記不起來。當時我正替一名傷兵包紮，突然有**炮彈**落下來，然後我就什麼都不知道了！」

我簡單地檢查了一下他的身體狀況，發現他的健康完全正常，他能夠被泥土掩埋三小時而不死，還這麼健康，實在令人費解。

我帶着疑問回去，想了很久，只想到一個**可能**，決定明天去問一問他。

第二章

發現秘密

四月十九日 陰雨

由於戰事的進展快,輕見小劍這個俘虜無法移送到上級,所以仍然留在隊裏。

今天一見到他,我就問:「輕見上尉,你在**濕軟的泥土**中,被埋了至少超過三小時,只有一隻手露在泥土外面,你知道麼?」

輕見顯得十分疑惑,「這是不可能的,任何人都不可

能在這樣的情況下活過來。」

「但事實就是這樣，所以我想問，你是不是受過特殊的體能鍛煉？我的意思是，你們日本 忍術 中，有沒有一種功夫——」

輕見的常識相當豐富，我還沒有說完，他已經笑着道：「像你們中國 武術 的『龜息』嗎？哈哈，當然沒有，你我都是醫生，應該相信現代醫學。」

他反倒教訓起我來了，真令我有點 啼笑皆非 😂。接着我們談了一些 閒話 ，他告訴我很多關於他個人的事。他出身於富有家庭，如果不是戰爭，他早已是一個很成功的醫生了。

四月二十日 晴

天居然放晴了，昨晚就在**帳幕**中，和輕見聊了很久。這個人如果不是敵軍，真可以做好朋友。我們已經約好了，不論他被轉移到何處，都要保持聯絡。他已經相信自己曾被泥土掩埋了三小時，我們決定如果環境許可，將共同研究人體的潛能。

父親的日記，原振俠叙述到這裏，便對五郎説：「現在你明白我為什麼要選擇輕見博士來研究吧？」

「因為他有**異常的體質**！」五郎神情駭異，「那麼，你父親和博士之間的研究，後來有沒有──」

「由於種種原因，戰爭結束之後十年，他們才取得了聯繫。當時輕見小劍已經是日本十分著名的醫生，我父親卻有點**潦倒**，輕見曾請我父親去過幾次日本，彼此也傾談過，但是兩人的地位實在相差太遠了，共同研究變成不

可能的事。博士曾邀請父親到他的醫院服務，但或許出於

自尊心，父親拒絕了。一直到父親去世，他們仍維持

着相當深厚的友誼。」

原振俠説完後，拿起了毛巾就離開房間，到浴室去

洗澡。

五郎聽完那駭人的故事，心中好奇萬分，順手拿起那

裝有X光片的紙袋，打開來，將一疊X光片抽出，才看了

第一張，他的臉上就現出

了古怪莫名的神情來，

並發出一下極可怕的

叫聲：『原！』

其他同學聽到羽仁五郎發出的驚叫聲，都紛紛探出頭來問：「什麼事？什麼事？」

有人指着五郎宿舍的**房門**説：「誰知道五郎在搞什麼鬼！」

就在這時候，五郎的房間裏還傳出一下**重物墜地**的聲音。大家知道房間裏一定出了什麼事，慌忙趕去看看，卻發現房門**上了鎖**。

「五郎，發生了什麼事？五郎──」大家拍着門。

門內沒有任何反應，大家就開始用力撞門，這時舍監也聞訊趕來了，而原振俠也匆匆穿起睡衣、圍着浴巾趕回來，驚問：「發生什麼事？」

各人七嘴八舌，原振俠氣力大，一腳把門**踢開**，大家立即湧進去，只見五郎倒在地上，臉色煞白，口張得很大，一副極度驚愕的神情。

由於在場每一位都是醫科生，大家立刻為五郎急救，原振俠不斷叫着五郎的名字。他實在不能相信，五分鐘之前還是**活蹦亂跳**的一個人，會在突然之間喪生！

　　可是事實擺在眼前，五郎的呼吸停止，**心臟**不再跳動，瞳孔也開始擴散，他死了！

　　一直到警方人員來到時，原振俠才留意到地上那一疊**X光片**，他想俯身去拾，但一名高高大大，看來十分嚴肅的刑警突然喝道：

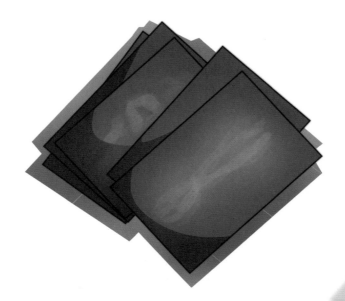

原振俠怔了一怔，不少同學圍了上來問：「怎麼一回事，原？」

「我也不知道，我離開房間到 浴室 去的時候，他還是好好的！」

第二天，那個高大的刑警再次請原振俠到警局錄口供，而且不斷 重複 追問原振俠在案發時做了些什麼。原振俠重複回答了二十遍之後，終於 不耐煩 地站了起來，怒問：「你不斷重複問我，是什麼意思？」

這刑警的名字叫鐵男，他將一份文件放到桌上，冷冷地說：「五郎的驗屍報告已經有了！」

「報告怎麼說？」原振俠着急地問。

「他的死因是——心臟位置受到致命重擊！」

原振俠直跳了起來，嚷道：「是 謀殺 ？」

只見鐵男的目光直瞪着原振俠，原振俠不禁苦笑了一

聲，「你把我當**兇手**？這太可笑了！」

「五郎臨死之前，大叫了一聲，叫的正是你的姓氏。」
鐵男十分嚴肅地說。

我說過多少遍，
當時我在浴室！」

　　鐵男移過了一張紙來，那是**宿舍的平面圖**，他用手指描述道：「如果你一進入浴室，立時從窗口跳出去，沿外面爬到房間的窗口，再跳進房間，就可以神不知鬼不覺地回到房間行兇——」

　　原振俠禁不住說：「我行兇後，又沿路爬回浴室去，脫掉**衣服**，淋濕**頭髮**，再穿上衣服走出來，對嗎？」

　　「正是這樣，原振俠君，你承認了吧！」

　　「好，那麼請你們派出體能最好的刑警，到宿舍親身嘗試一遍，如果他能夠在那麼短的時間內做完你所講的那一串動作，**我就直接認罪！**」原振俠挑戰道。

　　怎料鐵男說：「我們的確派人去做了。」

　　「什麼？」原振俠很訝異。

　　這時鐵男剛好接到了一個**電話**，一面聽一面點着頭，「我明白了，辛苦你了。」

他掛線後，望着原振俠，眼神**柔和**了不少，説：「對不起，我的推論錯了，原來你們房間的窗子是從裏面關着的，外面打不開。」

原振俠鬆了一口氣，但對這位刑警**一絲不苟**的查案態度有點刮目相看。

原振俠説：「五郎是我的好朋友，他如果是被人殺死的，我也一定要將兇手**繩之以法**！」

鐵男道：「嗯，你和他同房，對他了解最深，你估計你去浴室洗澡時，他在房間裏正在做什麼？」

原振俠想了一想當時的情形，便猜想道：「他可能會看那一袋X光片。」

「那十九張X光片有什麼特別之處？」

「是二十張。」原振俠説。

鐵男怔了一怔，似乎嗅到了一些**端倪**，「我們只找

發現秘密

到十九張，**少了一張**！」

原振俠也有點愕然，「我記得醫院檔案室的人對我說，一共有二十張的。」

兩人凝視對望，好像得到什麼 **啟示**，鐵男連忙打電話向醫院檔案室求證，的確共有二十張 X 光片；而原振俠這時已在檢查那餘下的十九張，憑他的醫學知識，判斷出缺少了一張頭部的照片，於是立即從鐵男手中接過電話來問：「請問當中有沒有頭部的 X 光片？」

「當然有！」對方回答：「首先拍攝頭部，然後才是身體各部分，這是程序，而我是依照程序做的。」

鐵男和原振俠互望了一眼。

掛了電話後，鐵男開始來回 **踱步**，推敲着案情：「假設五郎當時因為好奇，而去打開紙袋看 X 光片，他為什麼忽然會叫你的名字？」

原振俠推斷：「最大可能是他在 X 光片中發現了什麼，

想立刻叫我來看。」

　　鐵男繼續分析：「接着他就死了，並少了一張Ｘ光片。」

　　「而那張Ｘ光片，一定就是令他感到**怪異**，急着叫我去看的那張！」原振俠判斷道。

　　「但那張Ｘ光片能有什麼怪異之處，令兇手不得不殺了五郎，並帶走Ｘ光片？」鐵男想不明白。

　　原振俠想了一想，突然神色凝重地説：

「如今 X 光片已遺失，要知道當中的秘密，只能從原物入手了。」

鐵男驚訝地望着他，

原物？
什麼意思？

原物，就是
輕見博士的遺體！

第三章

深夜開棺

鐵男聽了原振俠的話，立即説：「別開玩笑！」

「不，不是開玩笑。」原振俠説：「我的想法聽來很**瘋狂**，卻是最 實際 的，要知道五郎在那Ｘ光片上發現了什麼，不必多費腦筋，只要將輕見博士的遺體掘起來——」

他的話還沒講完，鐵男已叫道：「住口！你可以回去了，警方會作進一步的調查！」

原振俠沒有說什麼，轉身就走，只留下一句：「如果調查沒有進展，不妨考慮我的提議。」

自從命案發生之後，許多**膽小**的同學都不敢住在宿舍。原振俠回到房間，望着原本屬於五郎的牀鋪，心中有說不出的**難過**😔。五郎的死，一定包含着極大的隱秘，而關鍵就在於那張始終下落不明的X光片。

接着的日子，原振俠每天總要**打電話**給鐵男，問調查的進展，並重提他的建議。持續了十五天之後，他的提議終於打動了鐵男的心。身為警官，鐵男知道向上司提出要挖掘輕見博士的屍體，是沒有希望的，所以他同意和原振俠一起私自行動。

「既然只有這樣做才能探明事實的**真相**，那就毫不猶豫地去做吧！」鐵男説。

原振俠的本意是請警方掘出輕見博士的屍體作調查，卻沒想到鐵男為了查案，可以做得更極端，竟決定私自行動；而「**始作俑者**」的原振俠反而變得騎虎難下了。

鐵男答應準備一切應用工具，就在今晚，一起去挖掘輕見博士的**墳墓**。

約定的時間快到了，原振俠在出發前，來到五郎的牀邊，喃喃説了幾句話，希望五郎能保佑他找到真相。

挖掘墳墓畢竟是一件充滿罪惡感的事，所以一直自認是科學家的原振俠，也需要在心靈上獲得某種力量的支持。

　　他離開宿舍，在約定的地點等了不到五分鐘，就看到一輛車子🚗駛過來，開車的是鐵男。

　　原振俠上了車，車子便向墳場駛去。

經過將近三小時的車程，到達墓地時，已是凌晨三點。他們預計要花一小時，將屍體挖掘出來，載回去，拍攝 X 光片，第二天晚上再送回來。只要一切順利，就不會有人知道。

　　凌晨三時的墳場**寂靜無聲**，氣氛有說不出的**詭異**。車子停下來後，鐵男打開行李箱，取出了一些工具，自嘲地說：「我並沒有偷屍體的經驗，你有嗎？」

原振俠苦笑道：「我也沒有，只是聽說，早年的醫科學生，由於沒有足夠的屍體供解剖用，他們倒是時時要偷取屍體的。不過，他們偷的對象，大多是葬得十分草率的屍體。」

鐵男悶哼了一聲，「希望博士的屍體不是埋在一座堅固的金字塔中。」

「這個你可以放心，我是看着他下葬的，只要撬起兩塊石板，再掘下去大約一米，就可以見到棺木——」說到這裏，原振俠頓了一頓，再說：「你知道嗎？博士不是第一次被埋在土裏。」

鐵男一時之間不明白原振俠的話是什麼意思，由於心情緊張，也沒有追問。

到了輕見博士的墳前，鐵男向墳墓看了一眼，再抬起頭來，神情變得出奇地訝異。

原振俠也向墳墓看去，同樣感到驚訝。

這個墳場所有的墳全是一樣的，每個墳平鋪着九塊石板，每一塊石板的面積大約是一平方米，略呈長方形。在石板範圍的後面，是花崗石砌成的半圓形「圍牆」，高約一百五十米，上面刻着死者的簡略生平，還有遺像。

令他們兩人感到訝異的是，他們發現中間垂直三塊石板旁邊的**隙縫**中，竟然沒有野草生長，而且泥土十分鬆動。

下葬了一年之久，石板和石板之間的隙縫，應該早已長滿**野草**了。

除了中間那一行三塊石板之外，其餘石板旁的隙縫都長滿了野草，那表示……很可能有人撬動過這三塊石板，而正中一行的三塊石板下面，就是埋着棺木的位置。

原振俠聲音沙啞道：「**看來我們來遲了**，已經有人——」

他講到一半，禁不住吞了一下**口水**，因為他想到，誰會無緣無故打輕見博士屍體的主意？除了那兇手！

鐵男自然也想到了這一點，但瞎猜並沒有用，便搓着手說：「開始吧！」

　　兩人合力，很快就撬鬆了石板，將中間一行三塊石板

搬開後，又花了大半個小時，把泥土鏟去，整個棺蓋終於

暴露在月光之下。

本來他們預期要用工具才能弄開棺蓋的**螺絲**，可是他們發現那些螺絲十分鬆動，像是最近才被弄開過一樣。

鐵男**雙手合十**，對棺木喃喃地說了一些祝辭，然後才望着原振俠說：「來吧！」

他們於是把螺絲鬆開，合力將棺蓋抬起，放到一邊去。

出乎他們意料之外，**棺蓋**移開後，並沒有立即見到輕見博士的屍體，而是有一幅白綾蓋在屍體上。原振俠立時說：「我是看着博士入殮的，當時肯定沒有這幅**白綾**！」

他們交換了一個眼神，然後各抓住了白綾的一角，深吸一口氣，將白綾掀開。

當看到眼前的景象時，兩人都驚呆住了，身體不由自主地**發着抖**。

　　博士的屍體仍然穿着入殮時的大禮服，躺在棺木之

中，可是，他的頭部卻不存在！

　　躺在棺木裏的，是一具無頭屍體！

　　那情景太*可怖*！而就在這時，突然有兩股**強光**自

遠處向他們射來。他們手一鬆，那幅白綾便落下來，又自

然而然地覆蓋住博士的遺體。

　　他們很快就看出，那兩股強光是一輛汽車的車頭燈，車子已經停下，一個女子的**呼喊聲**傳了過來：「你們兩個是什麼人？在幹什麼？」

　　由於**強光**一直照射着他們，所以他們只能看出那個下車的女子身材很高、很苗條，留着長直髮，但其他全看不清了。

鐵男連忙用手遮光說：「別誤會，我是刑警！」

　　那女子像是呆了一呆，向前走來，**半信半疑**道：「你是刑警？將你的證件拋過來！」

　　鐵男苦笑了一下，先和原振俠把棺蓋蓋上，再將自己的證件取出來，向對方展示：「這是我的證件，我們正在執行任務，請你先將**車頭燈**熄掉！」

　　原振俠和鐵男都從土坑中跳了出來，向那女子走去。

　　那女子看清楚鐵男的證件，才放下戒心說：「對不起，原來你是警察，我還以為是**盜墓賊**！」

　　但鐵男隨即反問：「小姐，請問你在這時候來墳場，又是要幹什麼？」

第四章

神秘女子黃絹

　　那女子把車燈熄掉後，原振俠終於可以看清對方的相貌。她約莫二十二、三歲，髮長及腰，衣著很*時尚*，眼睛很大，嘴唇線條透着倔強的個性，鼻子很高，臉上有一種掩飾着哀傷的憂鬱神情。

　　她這時正在回答鐵男的問題：「我來先父的墳前放一束花。」

　　「這麼晚？」鐵男質疑道。

「有事睡不着，想來向他傾訴。」那女子仍面帶

疑惑，反問：

警方需要在半夜執
行開棺的任務？

鐵男多少有點尷尬，冷冷地說：「這是警方的

事。」

講完之後，他就轉回身來，向原振俠作了一個手勢。

原振俠明白他的意思是希望事情快點結束，於是立刻拿起

鐵鏟，迅速將掘起的泥土鏟回坑中去。這時他們兩人心

中想着同一件事：輕見小劍博士的頭部一定藏着什麼秘密，所以才會被人奪走 X 光片，甚至把屍體的頭部直接砍去！

那女郎一直在旁邊，看着他們鏟土，像是監視着他們一樣。若不是原振俠清楚知道輕見博士的家庭背景，真會以為她的父親就是輕見博士。

當他們將石板鋪回去時，那女子忽然問：「請問警方近來是不是常有類似的行動？」

鐵男由於心怯，不耐煩道：「從來沒有！剛剛是非常特殊的行動，請你保密！」

但那女郎指向較遠處的墳墓說：「因為先父的墳看起來也像被弄開過。」

鐵男只當她在找麻煩，有點慍怒，「別胡思亂想了！深更半夜，墳場並不是一個適宜單身女子久留的地方，趕快回去吧！」

鐵男不想**節外生枝**，匆匆把工具拋進行李箱後，便迫不及待地發動車子，與原振俠一起離去。

那個女郎仍然挺立在墳前，膽子之大，令原振俠暗暗佩服。

這次行動 無功 而回 後，原振俠好幾天沒有和鐵男聯絡。

直到第五天，原振俠晚飯過後回到房間休息，門外突然傳來幾個同學的叫聲：「原，有人來找你！」「是一個十分美麗的年輕女子！」

原振俠只當是 *惡作劇* ，開門就罵：「少胡說，我不認識什麼漂亮的年輕女子！」

怎料舍監也來到了門口，嚴肅道：「原君，你有訪客。一般來說，男生宿舍並 **不歡迎** 🚫 女性來訪，你到會客室去見客人吧！」

舍監是不會開玩笑的，是誰來探訪自己？原振俠感到 **莫名** 其妙 🫤 ，便去會客室看看。

他一推門進入會客室，發現同學沒有 胡說 ，的確有一個漂亮的年輕女子在等他，而且正是幾天前在墳場上見

過的那位！

原振俠感到**極意外**，這個人為什麼會來找他？

那女子伸出手來，「我的名字是黃絹，想不到吧，我也是中國人。」

由於她的日語很流利，原振俠的確沒想到她是中國人。

這時已有不少學生圍在會客室門外看**熱鬧**，黃絹說：「這裏不太適合詳談，不如換個地方？」

「有詳談的必要嗎？」原振俠問。

「有。我已經知道，你和那個刑警那天晚上的行動是**非法**的。」

原振俠心頭一震，攤開了雙手，「我是一個窮學生，沒有什麼可以被**敲詐**的。」

「別誤會，我只是想知道，你們為什麼要去開棺？而

54

我知道一件事，和你室友的死十分相似。」

原振俠一聽到與五郎的死有關，便主動提議：「這裏附近有一家**小咖啡館**。」

兩人立即轉移到那咖啡館詳談，黃絹用匙緩緩地攪動着咖啡，說：「我從小就移民到**法國**去，先父的名字是黃應駒，我想你應該聽說過？」

原振俠「啊」地一聲，登時肅然起敬，「當然，黃教授是世界上少數的**腦科**權威之一，他的著作是我們的教科書。難怪你的日語這麼流利，黃教授在東京帝大任教的那幾年，你一定也在日本！」

「是的，很快樂的童年和少年。先父很喜歡日本，所以他死了之後，不願葬在法國，要葬在日本，這便是我為什麼會在墳場出現的原因。」黃絹喝了一口**咖啡**，「我本身在巴黎管理一家藝廊。」

　　原振俠對藝術品所知不多，也就不聊閒話了，直接

切入 ≫≫ 正題：「你說和我室友死亡相似的那件事是

什麼？」

　　黃絹皺起了眉，「我也不知道該從何說起，或許，就

從卡爾斯將軍的**頭痛症**開始。」

　　原振俠呆了一呆，稍具國際常識的人，都知道卡爾斯
將軍是北非一個小國的**獨裁者**。那個國家曾經是法國的
殖民地，有着豐富的鈾礦和鑽石礦，但人民生活**貧困**，
卡爾斯將軍的辦公室卻佈置得比法國凡爾賽宮的全盛時期
還要 **奢華**。

卡爾斯將軍身邊有一個白種人叫羅惠，名義上是卡爾斯將軍的高級顧問。據黃絹叙述，卡爾斯將軍有非常嚴重的頭痛症狀，命令羅惠把全世界最好的腦科醫生叫來，為他治頭痛。

　　羅惠說：「將軍，請腦科醫生來問題不大，可是那些**精密儀器**，卻難以從瑞士和巴黎的醫院拆卸下來。所以——」

　　將軍**怒吼**：

敵人正希望我離開
自己的國家，
好對我不利！

羅惠解釋：「我們國家的醫療儀器不夠，單是醫生來，作用不大。」

將軍指着羅惠的鼻子罵道：「作用不大，也比沒有作用好！小心我將你貶職做**司機** ！」

因此，黃絹的父親就從巴黎，到了卡爾斯的那個國家。

聽到這裏，原振俠皺起了眉，黃絹好像知道他在疑惑什麼，立時**補充**道：「是的，當我知道的時候，也像你這樣無法相信，當晚我就問父親：『你為什麼要老遠到非洲去，替那混蛋將軍治病？你並不是一個出診醫生，而是**舉世推崇**的腦科權威！』」

黃教授望着女兒，緩緩地說：「我和羅惠是**老朋友**了，不想他為難。」

黃絹搖着頭，「爸，我已經不是小孩了，這絕不是你要到非洲去的理由！」

　　黃應駒深深地吸了一口氣，「好吧，不瞞你了，真正的理由是，我對卡爾斯這個人極感興趣，早就想研究他的**身體**。」

　　這個理由一說出來，令黃絹十分驚訝，「為什麼你會對這個人的身體感興趣？他是超人？」

　　這分明是一個開玩笑式的問題，可是黃教授竟然認真地說：「在他身上，有着現代醫學無法解釋的**奇特之處**！」

　　黃絹大惑不解，「爸，你和這個將軍，以前曾見過？」

　　黃應駒教授又深吸一口氣，陷入**沉思**之中，「是的。」

第五章

又一個

　　黃絹不明白，父親一直在法國和日本，怎麼會認識非洲的一個獨裁者？

　　黃教授**嘆了一口氣**，娓娓道來：「在你很小的時候，你母親就離開了我。那令我傷心極了，如果不是因為有你在，我受了這樣的打擊，一定早已自殺！」

　　黃絹伸過手去，握住了她父親的手。

　　黃教授繼續說：「我真正**走投無路**了，窮、失

意、愛情上的挫折，還有一個我發誓要把她好好撫養成人的女兒。就在這時候，羅惠來了，他告訴我，他的僱傭兵團正在阿爾及利亞作戰，極需要**戰地醫生** 。雖然那時我還未畢業，但我毫不猶豫就答應了他，當時取得的那些錢，剛好可以將你送到給貴族的托兒院去寄養兩年。安頓好你之後，我就和羅惠一起到北非去，僱傭兵團的生活簡直像**噩夢** 一樣。在北非的第二年，我遇到了卡爾斯——」

那時的卡爾斯當然不是什麼將軍，只是一個游擊隊中的低級軍官。

戰爭十分醜惡，黃應駒一到達北非，接到的第一道訓令就是：絕對不能**醫治對方的傷兵**🧰。

戰事愈來愈激烈，有些僱傭兵被游擊隊殘酷虐待致死，而僱傭兵團的報復更**殘酷醜惡**🔫。不知是哪一個提出的辦法，將游擊隊的俘虜用手銬和腳鐐連起來，送到沙漠去，任由他們在那裏**飢餓乾渴**至死為止。

黃應駒遇到卡爾斯，就是在那個沙漠的中心地帶。一天晚上，黃應駒要運送一批藥物到僱傭兵團的一個據點去，有兩名僱傭兵隨行護送他。

車子在死寂的 ☀️**沙漠**上行駛，經過不知多少**白骨**🦴——有的是獸骨，有的是人骨。

駕駛車子的僱傭兵像是喪失了人性一樣，輾過一堆又

一堆的白骨，還放縱地大笑。就在這時，黃應駒看到距離
車子約兩百米的地方，有許多黑影躺在沙上不動。

他很快就看出，那是一堆剛死去不久的屍體，多半是
四天之前被加上手銬腳鐐，放逐到沙漠來的那批游
擊隊員。

駕車的僱傭兵也發現了，突然興奮地歡呼，扭轉

駕駛盤，朝着那堆屍體直衝過去。

　　黃應駒實在忍無可忍，伸手抓住**駕駛盤**阻止他。

　　那僱傭兵發怒了，像瘋了一樣用力推開黃應駒。車子在兩人爭奪着駕駛盤之下，**東歪西倒**地向前直衝，另外一個僱傭兵大叫：「喂！你們在幹什麼？」

　　話音剛落，吉普車已失控翻倒，四輪朝天，車上三人

全被拋了出去。跟黃應駒爭執的僱傭兵立時端起槍來,看他**滿面****怒容**的樣子,真會對黃應駒開槍,幸好另一個僱傭兵立時撥開了槍,喝道:「你瘋了?」

那僱傭兵叫道：「他不讓我去輾那些俘虜！」

另一人則向黃應駒苦笑了一下，「黃，你在幹什麼？滿足你知識分子的**良知**？那些人是四天之前被放逐出來的，早已死了，車子輾不輾過去，又有什麼關係？」

黃應駒低着頭，不想說話，那兩個僱傭兵合力去把車子翻過來，逐一收拾從車上倒下來的東西。

黃應駒卻慢慢地向那堆屍體走去。他漸漸看清楚那些屍體的模樣，全是嚴重**缺水**致死的，十分殘酷可怖。他正要轉過身，不想再看下去的時候，突然見到其中一條屍體在眨着眼睛！

他馬上發現，那個人的狀況與其他屍體完全不同，那個人還沒有死，不但在眨**眼睛** 👁 👁，而且乾裂的口唇也在顫動着！

「天！有一個人還活着，**他還活着**！」黃應駒一

面叫，一面奔跑過去。

那人的手還突然抓住了黃應駒的腳踝。

黃應駒連忙解下身上的**水壺** ，往那人的嘴裏慢慢灌水。

原振俠聽到這裏感到十分震驚，尤其那人抓住了黃應駒足踝的這個動作，令他想起父親當年在戰場上發現輕見小劍的情景，兩者簡直一模一樣，只是一個缺氧，一個缺水。而任何人都知道，在這樣的情形下是不可能活着的，**但他們卻沒有死**！

原振俠連忙問黃絹：「當時你父親怎樣做？在那麼殘酷的戰爭中，那兩個僱傭兵一定不會允許他救活俘虜！」

「是的，父親説他們之間爆發了激烈的爭論——」黃絹繼續叙述下去。

那人喝到水之後，眼珠的轉動也漸漸**靈活**起來。但兩個僱傭兵已經趕至，駕車的那個還立時提起槍來，而另一個則喃喃地説：「天啊！怎麼可能有人在這裏四天之後仍然活着，真是**奇蹟**！」

黃應駒立時轉身擋住了槍口，那持槍的僱傭兵喝道：

又一個不死之身

「！」

黃應駒大聲說：「你不覺得這個人還活着，是上帝的意思嗎？」

那僱傭兵怒道：「我不信上帝！」

「不管你信什麼！你看看這個人，他在絕無可能的情形下不死，顯然有一種**超然的力量**要他活下去，我們有必要與這種力量作對嗎？」

隨着黃應駒的話，那僱傭兵手中的槍漸漸垂下來。縱使他不相信上帝，心中也相信世上有某種超然的力量在主宰萬物。

那生還者顯然是北非的 **土著** ，膚色黝黑，身材結實。僱傭兵向他喝問：「你叫什麼名字？」

那人張大了口，發出嘶啞而乾澀的聲音：「卡——卡爾斯。」

卡爾斯只是一個普通的名字，當時自然沒有引起任何人震驚。黃應駒為卡爾斯簡單檢查了脈搏、瞳孔等身體狀況，發現他雖然**虛弱**，卻幾乎完全正常。

「你是憑什麼活下來的？」黃應駒驚問。

卡爾斯掀動着**乾裂**的口唇説：「我不知道，或許是神要我活着，有任務交給我！」

黃應駒對那兩名同袍説：「我要將這個人帶回去，好好研究他不死的原因。對我們來説，這也是非常重要的**情報**！」

最後一句當然是藉口，但聽起來很有道理，所以那兩個僱傭兵也不敢**反對⊖**。

黃應駒取出手槍來，射斷了鎖住卡爾斯的手銬和腳鐐，讓他上車，並給了他一些食物和水。

到達營地後，黃應駒用簡陋的設備替卡爾斯作身體檢

查，卻沒發現任何異於常人之處。他打算等下次回到基地，用完善的設備再替卡爾斯作更詳細的檢查。可是他沒有這個機會，因為到了第三天，卡爾斯便越押**逃走**了。

黃應駒自此再沒有見過卡爾斯，直到卡爾斯冒出頭來，成為軍事領袖，又統治起一個國家，黃應駒才看到他的照片，並肯定這個卡爾斯就是當年在沙漠中**大難不死**的那個人。

聽完這段往事，原振俠望着杯中的**咖啡** 說：「如果我是黃教授，我也不肯放棄這個機會，去研究他的身體。你知道輕見博士的事嗎？」

「知道一點點。」

「他和那個卡爾斯十分相似，我指他們的**生存能力**。」

原振俠於是把輕見博士曾被埋在泥土裏不死的事告

訴黃絹，最後總結道：「輕見和卡爾斯可能有着同一種**特殊**的體質，能夠在普通人無法生存的環境下依然活着！」

　　黃絹聽得很用心，等原振俠講完，深深吸了一口氣，說：「不僅輕見博士和卡爾斯相似，我父親的死和你宿舍室友的死，也十分類同。」

原振俠大感愕然，**目瞪口呆** 地等着她詳述下去。

第六章

勇闖北非

黃應駒是死於非洲的。

當日他接受邀請，坐專機來到卡爾斯統治的小國，一下機就看到一輛**豪華房車** 駛過來，車門打開，羅惠下車迎接他。

羅惠和老朋友寒暄幾句後，凝重地説：「將軍的頭痛好像愈來愈劇烈，你最好能醫好他。」

黃應駒明白羅惠的意思。頭痛極影響*情緒*，而一個

軍事獨裁者情緒不好，是一件很**可怕**的事。

「我會盡力。」黃應駒回應道，然後又說：「你知道嗎，卡爾斯當年曾經是我們的俘虜。」

羅惠怔住了，當年在沙漠發生的那段小插曲，知道的人不多，羅惠並不知情。他搖頭道：「不會吧，當年雙方的俘虜，好像沒多少人還能活着！」

「這件事就裝作不知道好了。」黃應駒明白獨裁者最怕別人提起他**不風光**的往事，老練的羅惠自然也點着頭，沒有再問下去。

車子駛到卡爾斯的「**王宮**」——所有人都這樣稱呼他居住和辦公的大宅。

在一間寬闊華麗得過分的會客室中，羅惠和黃應駒等了大約半小時，才聽到門外衛兵持槍 的聲音，卡爾斯將軍昂首挺胸走進來。

羅惠和黃應駒立即站起，卡爾斯一見到黃應駒，怔了一怔，疑惑地問：「黃教授，我們以前見過？」

黃應駒想也不想就說：「**沒有**，我是第一次有幸見到將軍！」

卡爾斯**微笑** 😊 了一下，他是認得黃應駒的，但也樂於見到黃應駒識趣不提舊事。

可是他忽然皺起了眉，敲打着自己的 ，罵道：「這該死的頭痛！」

黃教授立即說：「我先和你的醫生溝通一下——」

將軍大聲道：「不必了，那些醫生全是**飯桶**！」

「但我至少要看他們的診斷記錄，例如X光片——」

「沒有X光片！我不會讓那種鬼光線穿過我偉大的腦袋！」

「那麼磁力共振掃描——」

「全都沒有！別期望我會答應做這些事！」

黃應駒深深地吸了一口氣，「你**拒絕⊘**作任何檢查，沒有人能治好你的頭痛。」

「你能！如果你治不好我的頭痛，休想離境！」卡爾斯*蠻不講理*，黃應駒也只能住下來。

羅惠替黃應駒準備的住所倒也舒適，一個月後，卡爾斯將軍似乎仍未**回心轉意**，黃絹知道了父親的處境，特地從巴黎來看他。

又過了幾天，卡爾斯將軍實在**頭痛難忍**，終於屈服，願意接受 X 光檢查。

黃應駒連忙準備一切，卡爾斯躺着等待檢查的時候感到極度**不安**，緊張地問：「什麼時候能知道結果？」

黃教授回答：「幾分鐘就可以了！」

卡爾斯大聲警告：「只准你一個人看！絕不能讓別人

勇闖北非

看到我偉大的頭部！」

黃應駒哭笑不得，只好連聲答應。

過程本來很順利，照過 X 光後，將軍匆匆走了出去，不想多待片刻，只留下黃教授一人去處理。

將軍更特意警告☞門外所有人：「等會你們誰都不能進去，不准看我的 X 光片！」

可是就在這個時候，X 光室突然傳出黃應駒驚訝的叫聲，緊接着是一下爆炸聲，所有人都嚇了一大跳。

兩名貼身護衛立即用自己的身體保護着將軍，大家都因為將軍剛才的警告，不敢進入 X 光室，只有黃絹踢開搖搖欲墜的門，直衝了進去。

裏面**濃煙密布**，焦味令人窒息，只見黃應駒倒在地上，黃絹連忙將父親抬出去急救，羅惠也不顧一切去幫她。

　　醫院中最好的醫生都來為黃教授搶救，可是一切都沒有用，黃教授的心臟已經**停止跳動**了。

　　事情敘述到這裏，黃絹已經忍受不住**悲傷**，無法繼續說下去。

過了好一會，等黃絹的情緒平復過來後，原振俠才問：「死因是——」

黃絹回答：「心臟病猝發，猝發的原因可能是吸入過多濃煙，而爆炸的原因不明，或許是電壓負荷過量。當時那陣焦臭味，是焚燒 X 光片引起的。一共拍了將近二十張，一張也沒有剩下，全燒毀了。」

原振俠驚訝得目瞪口呆。

「很類同，對不對？」黃絹説：「你室友看了輕見博士的 X 光片，遇意外死了。我父親看了卡爾斯的 X 光片，也遇意外死了。是巧合，還是輕見和卡爾斯的頭部藏着什麼秘密，令所有看到這個秘密的人都遭到滅口？」

「不會是巧合。」原振俠凝神道：「輕見博士屍體的頭部也消失了，這些人的頭部一定有着什麼秘密。」

「而且這個秘密受到了某種力量守護。」黃絹接

着説。

原振俠深深吸了一口氣，突然問：「他的頭痛醫好了？」

「當然沒有──」黃絹講到這裏，立時瞪着原振俠，「你不是想──」

未等她講完，原振俠已點頭道：「正是，除了這個辦法，還有什麼別的辦法可以弄清他們頭部的秘密？」

的確，**X光片** 沒有了，連輕見博士屍體的頭部都消失了，如今唯一可以追查的，就是卡爾斯那「**偉大的頭**」。

黃絹對原振俠的勇氣刮目相看，微笑道：「好，我們一起去！」

黃絹先和羅惠聯絡，表示找到了一位雖然年輕，但是對於頑固的頭痛症極有心得，精通東西方混合療法的天才

勇闖北非

醫生，或許能治好卡爾斯的病。

由於卡爾斯受盡頭痛 **折磨**，已經無計可施，任何方法都願意一試，便允許羅惠迅速安排那醫生來。

原振俠倒也 **果斷**，立即向學校請假，與黃絹一同前往卡爾斯統治的國度。

羅惠先將兩人安排到一間豪華酒店之中，然後再帶他們去見卡爾斯。

原振俠煞有介事地替卡爾斯

，又檢查了一下眼睛、舌頭等等，做完一堆「東方療法」的門

面工夫後，他試探地提出了「西方療法」的 X 光檢驗，怎料卡爾斯反應極大，登時拒絕：「別再提什麼 X 光了！我聽說你有什麼『東方療法』，才讓你來的！」

「沒關係，我先開一些**中藥**給你，這藥方曾治好不少頑固痛症。」

原振俠打算用 拖延法 ，就如上次黃教授那樣，等到某天卡爾斯頭痛難當，自然什麼檢查都會答應。

第一次診斷完畢後，原振俠和黃絹各自回到自己的酒店房間。

到了晚上，原振俠快將入睡之際，忽然聽到陽台傳來了一下 **不尋常的聲響**。他立時往陽台走去看看，漸漸聽出有人在敲打陽台的玻璃門。

原振俠馬上拉開 **窗簾** ，看到玻璃門外的黃絹，不禁吃了一驚，知道一定是出了什麼事！

第七章

瘋狂的決定

黃絹的神情有點驚惶，自從原振俠認識她以來，從未見她驚惶過。

原振俠立刻打開**玻璃門**，黃絹卻沒有進來的意思，反而伸手將原振俠拉出陽台，緊握着他的手，聲音**發顫**地說：「他突然來我房間，圖謀不軌，我將他打昏了！」

原振俠心中一震，壓低聲音問：「誰？卡爾斯？」

黃絹點了點頭，「現時門外**走廊**中，至少有二十

個保安人員在！」

他們住在酒店的二十五樓，黃絹在他的鄰室，陽台和陽台之間相距至少有兩米。

原振俠跨高一步，向下看去，低聲說：「要攀到下一層的陽台去，似乎不難。一到達下一層的陽台，就打破玻璃門，不管房間中有沒有人，以極快的速度衝出去，或許有機會逃脫 **EXIT**。」

怎料黃絹突然拉住原振俠的手臂，在他耳邊說：「他昏了過去，這是檢查他的**最好機會**！」

原振俠驚呆地望着黃絹，萬萬想不到眼前這個女子膽子比他還大。

黃絹絕不浪費時間，她怎麼攀爬過來，現在就怎麼攀爬回去——將腳趾插進酒店外牆上的**隙縫**之中，身體緊貼着牆，絕不向下望，同時手指抓住外牆的石塊邊緣，慢

慢挪動身子過去，直到
伸手可及她房間陽台的
欄杆，便輕輕一躍落
到陽台上。

　　原振俠真懷疑，
黃絹剛才攀爬到他的房
間，並不是向他求助，
而是來指揮他行動。

　　原振俠只好用同樣
的方法攀爬到黃絹的陽
台去，然後一起走進了
房間。

　　卡爾斯仍然昏迷不
醒，原振俠迅速看了一

下他受擊的後腦部位，那地方有點腫，詫異道：「想不到你是個技擊高手！」

黃絹微笑，

女子自衛術！

她手腳極快，已提過來一個手提箱，表面看像是個大**化妝箱**，實際上內有乾坤，其實是一部手提 X 光掃描器。

「我們帶來這部機器，終於可以**派上用場**了。」黃絹竟有點興奮。

「等等！」原振俠極力**冷卻**她的情緒，提醒道：「我的室友、你的父親，都是看到了這些奇人的 X 光片就

死掉，我們沒必要兩個人一起冒險。」

　　原振俠這句話的用意是想保護黃絹，讓原振俠一個去看，怎料黃絹豪邁地說：「那就我來看吧，就算真的死掉，至少也弄清了父親的死因，我死得瞑目了。」

　　「不行！」原振俠說：「如果你真的死了，只會為我多添一個疑團，這樣不公平，要看就一起看吧！」

　　黃絹笑了笑，兩個人都豁出去了，竟然冒死也要一窺這個秘密。

原振俠立時行動，將卡爾斯的頭靠在一張椅子上，再用那 X 光掃描器對準卡爾斯的頭部。

他和黃絹一起注視着 **熒光幕**，原振俠伸手扳下了一個鮮紅的掣，熒光幕上立時閃動着一堆雜亂的線條，一時之間什麼都看不清楚。

酒店房間的電壓顯然不夠，原振俠嘗試調整儀器的功率，但熒光幕上依然不斷地閃着 **白色 的條 紋**。

原振俠轉頭望向黃絹，正想説「這副儀器用不着」之際，卻看到黃絹的臉上現出了古怪莫名的神情來，直盯着熒光幕看。

原振俠立刻轉回頭去，想知道黃絹看到了什麼，只見熒光幕上仍然閃着許多白線，模糊不清，但已經可以看到卡爾斯將軍頭骨的輪廓。而就在那一刹間，他眼前突然一片 **漆黑**，什麼也看不見。

原振俠的第一個念頭是：果然，看到 X 光片就會死，

我已經死了。

　　但他隨即知道自己並沒有死，因為他感覺到自己的手心在冒汗，而且沒多久，黑暗中突然亮起了一點燭光，循着燭光望去，還看到了拿着一支蠟燭的黃絹。

　　「發生了什麼事？」原振俠以極低的聲音問。

「恐怕是酒店房間的電源超過了負荷。我剛在抽屜取了**蠟燭**。」黃絹説。

原振俠「啊」地一聲，「保險絲燒了。剛才你在熒光幕上看到了什麼？」

黃絹**猶豫**了一會，才説：「如果我看到了什麼，你也應該看得到。」

原振俠苦笑道：「我才轉過頭來就**斷電**了，不足十分之一秒，只隱約看到一個頭骨的輪廓，什麼也看不清。」

「我也是。」黃絹説。

「房間斷了電，很快會**驚動**到外面的人，我們必須盡快離開這裏！」原振俠幫黃絹拿着蠟燭，準備一起經陽台爬到下層逃走。

可是這時候，突然響起了卡爾斯的**呻吟聲**。

「他醒了！」原振俠立即拉着黃絹，想加快腳步。

但黃絹甩開他的手説：「**來不及了**！」

她果斷地從卡爾斯腰際取下**手槍**，拿在手裏，
槍口指着卡爾斯。

卡爾斯緩緩醒來，在燭光下看到了自己的處境，勃然
大怒，正想怒吼之際，原振俠及時警告：「將軍，如果你

想保持自己的**威嚴**，最好別出聲。」

　　卡爾斯明白原振俠的意思，他一大叫，外面的保安人員衝進來，就會看到這個偉大的統治者落入了一個女子的手中，甚至可能當場被殺掉，他不希望自己的輝煌歷史中寫下這樣可笑的結局。

　　卡爾斯雖然很**憤怒**，但也只好忍下來，「你們想怎樣？」

　　黃絹說：「我們並不想將你怎麼樣，只不過想**安全離開**你的國家。請叫羅惠來，只要你肯配合，今天發生的事除了我們四人之

外，不會有第五個人知道。」

　　卡爾斯別無選擇，馬上通知羅惠趕來，羅惠果然是個

熟練的老手，在他的安排下，原振俠和黃絹

順利離開，安全到達巴黎；而卡爾斯曾經被

脅持的事亦沒有別人知道。

　　原振俠和黃絹再不能檢查卡爾斯將

軍的頭部了，兩人在巴黎分道揚鑣，

原振俠返回東京繼續學業，黃絹回

到藝廊工作。可是原振俠十多

天後打電話到那個藝廊，才

知道黃絹十天前已經辭職，不

知去向了。

原振俠心情有點失落，晚上在一家小酒吧喝酒，看到了一個滿面**鬍子** 的人，認得對方曾上電視，是一名考古學家。

原振俠絕未想到會和這個考古學家扯上任何關係，可是那**考古學家** 雙手抱着的**公事包** 實在太顯眼了，惹來一名獐頭鼠目的賊子，把公事包搶去。原振俠不能坐視不理，立刻大喝一聲，順手拿起了啤酒瓶，就向那賊子直擲過去！

第八章

古代頭骨

那賊子正要逃出門去之際，被**啤酒瓶**擊中了背部。但他一刻也不停，立時撞開門，逃了出去。

原振俠一躍而起，也向門外奔去，喝道：「站住！」

他一面叫着，一面**飛快地**追上去。街上十分冷清，那人和原振俠都跑得極快，轉眼間已到了橫街外的馬路上。

原振俠離那人愈來愈近，還伸手抓住對方的衣服，那

人用力掙開，轉身將手中的公事包擲向原振俠。原振俠連忙用雙手抓住公事包，而那人已**一溜煙**地鑽進一條巷子，逃掉了。

出乎原振俠意料之外，那看來塞滿了東西的公事包相當輕，他能感覺到，包中是一個硬而圓的物體。而且他還發現，公事包的**拉鏈**因為剛才的爭執而裂開了，在路燈的映照下，他看到公事包內竟是一個**骷髏頭**！

　　這時，那考古學家也嚷叫着追到來了，一看到公事包還在 **發怔** 的原振俠手中，便叫道：「好了！東西還在！」

　　原振俠抬起頭來，訝異道：「這個——」

　　考古學家連忙將公事包抱回來，緊張地說：「是勘八將軍的遺骸！」

　　由於原振俠這天戴着印有醫學院標誌的 **帽子** ，那考古學家於是問：「小伙子，你叫什麼名字？你是醫科

大學的學生？」

原振俠回答後，考古學家取出了 名片 説：「我有一件事想向你請教，你能不能跟我回家去？」

那考古學家的名字是海老澤，原振俠看到他的名片時，再看看他那種彎着身子，像 蝦 一樣的形態，幾乎忍不住笑了出來，因為「海老」在日語是蝦的意思。

原振俠心情好了不少，便答應跟海老教授回家詳談。

海老教授的住所非常 凌亂，擺滿了各種各樣莫名其妙的古物，原振俠走每一步都得小心翼翼。

好不容易到了客廳，海老教授便將那骷髏頭放在几上，説：「未來的醫生，請問勘八將軍致死的原因是什麼？」

原振俠呆了一呆，根據骸骨來判斷死因，那是一門極其專門的 學問，是法醫學的範疇，而且還得依靠許多儀

器幫助才行。

「對不起，教授——」

原振俠正想解釋自己難以辦到之際，海老教授已迫不及待地説出自己的看法：「他一定是死於頭部中刀，刀的一部分還牢牢嵌在他的頭骨之中。可是，他顯然在中了刀之後又活了許多年，所以我弄不明白，想請教你。你看這裏——」

海老教授移過了一支燈來，**照射**着那骷髏頭，可以看到頭頂一處有着一條深黑色的細痕。原振俠看仔細些，再摸了一下，發現那原來是凸出來不到半毫米，一片極薄的鋼片，嵌進**頭骨**內。

原振俠本來可以立即回答，致死的原因是鋼片插進腦部，腦部受了嚴重傷害致死。可是，他馬上又發現，頭骨有依附着鋼片**生長的痕迹**，鋼片最初嵌進去時，凸出

的部分可能有五毫米左右，而頭骨沿着鋼片向上生長，使鋼片的凸出部分只餘半毫米。

原振俠是醫科大學三年級學生，知道骨骼生長相當慢，尤其是頭骨，要生成這樣的隆起狀，至少需要三年或更長的時間。

然而，這怎麼可能呢？一個人被鋼片插進腦袋後，怎可能還活着那麼久？

原振俠連忙問：「教授，這位將軍是什麼時候死的？」

海老嚴肅道：「勘八將軍是在九十高齡壽終正寢的。」

原振俠又問：「他是什麼時代的人？」

「公元一世紀。」

原振俠很驚訝，「那時候雖然已是鐵器時代，

但我不相信日本的鑄鐵技術，已經可以鑄造出這樣薄而鋒利的鋼片來！」

海老教授呆了一呆，顯然他未曾想到這個問題，而原振俠繼續說：「這可能不是**斷裂**的刀尖，要弄明白它是什麼，唯一的辦法就是將它取出來，仔細研究！」

他一面說，一面已搜索着海老教

授放在旁邊的工具箱，「有沒有刀子、鉗子、錘子之類工具？」

海老教授「哇」地一聲將骷髏頭緊緊抱在胸前，怒喝道：「你想做什麼？這是無價之寶，你想破壞它？」

「我只是想把鋼片弄出來看清楚。」原振俠解釋道。

「要看就看 X 光片，別損毀它！」

「你拍了 X 光片？」原振俠立時緊張起來，尤其聽到「X 光片」，便想起輕見博士和卡爾斯的事，而且這個勘八將軍同樣在不可能∅的情形下活過來。

這時海老教授已從旁邊拿出一個文件袋，放到几上，

古代頭骨

「Ｘ光片你可以隨便看。」

原振俠連忙問：「你已經看過了？」

海老不耐煩道：「廢話，當然看過！」

原振俠這樣問的原因，是因為五郎和黃應駒都是看了Ｘ光片之後便死掉，但眼前的海老教授顯然未受影響，到底這些怪事有沒有 **》關連《**？

原振俠移過了桌上的燈來，將Ｘ光片對着燈光，定睛

細看。他可以清楚看到，那鋼片嵌入頭骨的部分，足有十厘米深。看起來，剛好插進大腦左右半球之間，緊貼着前額葉的部分。

原振俠深深地吸着氣，任何人受了這種**損傷**，一定立即死亡，然而這位將軍卻活了下來，情況與輕見博士和卡爾斯將軍**如出**一**轍**！

「教授，是不是可以將頭骨弄破，取出鋼片來研究？」

海老教授斬釘截鐵地說：「不行！」

原振俠嘆了一聲，聳聳肩說：「那麼我也無能為力了。」說完便告辭離去。

但接下來的幾天，原振俠依然對那頭骨內的鋼片**念念不忘**。他終於請了一天假，鋌而走險，潛入海老教授的住所偷走頭骨，然後借用強大的**磁力**裝置，配合一些極精細的工具，成功將那鋼片吸了出來。

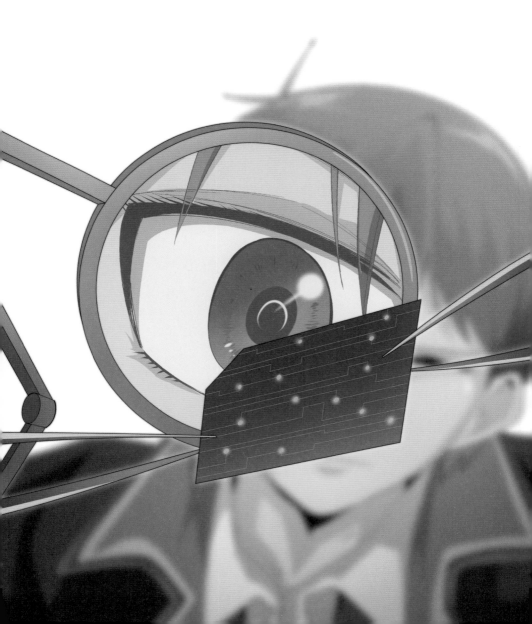

那鋼片的兩邊還沾了一些骨骼，證明這鋼片插入腦袋後，人不是立即死去，骨骼附着鋼片生長，而且生長了許多年。原振俠小心地將附在鋼片上的骨骼剔除，鋼片閃耀着一種**殷藍色的光芒**，表面有着無數極細的刻痕，還有更小的小孔排列着。

　　原振俠神不知鬼不覺地將骷髏頭放回海老教授的家，只專注研究那鋼片，可是研究了幾天也弄不懂那鋼片是什麼東西，看起來絕不像一柄刀的刀尖，於是決定向一位**朋友**請教。

　　他這個朋友叫陳山，中日混血兒，是某精密儀器製造所的高級工程師，他拿着原振俠給他的鋼片，翻來覆去，仔細地看了好一會後，竟然説：「這看來是個先進的**電子組件**。」

古代頭骨

113

第九章

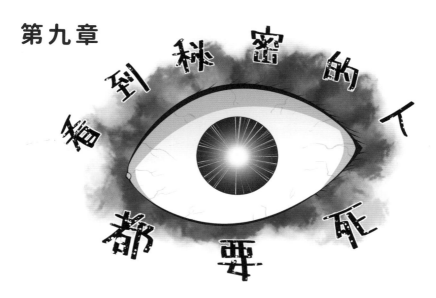

看到秘密的人都要死

聽完陳山的話，原振俠難以置信地搖着頭，「不對，這是一件**古物**，將近一千九百年歷史了！」

陳山大笑起來，「你看這些小孔，它們的直徑不會超過百分之一毫米，在我們的製造所中，也要用 **特殊** 的技術才能鑽出這樣的小孔來。莫說一千九百年前，就算一百九十年前，人類也造不出來！」

原振俠 **沉思** 了一會，又問：「這樣的東西，如果

放在 人腦 裏面，會有什麼作用？」

陳山聽不明白，疑惑地望着原振俠。原振俠苦笑了一下，「算了。」

陳山打量着那鋼片説：「如果你真想弄清楚這是什麼東西，我可以利用製造所的設備作進一步研究。可是別催我，我只能用下班的時間來做這件事。」

原振俠考慮了一下，答應道：「那就勞煩你了。」

接着的幾天，原振俠完全沒有和陳山聯絡，因為不想給對方壓力，原振俠很清楚陳山的性格，愈是催促他，他愈不想動。

差不多等了近十天，原振俠才打電話給陳山，但陳山的手提電話總是接不通，他只好親身到陳山工作的那家製造所去。

「對不起，閣下要見的是……高級工程師陳山先

生？」接待處的職員有點**訝**異地望着原振俠。

「是，他怎麼了？」原振俠問。

那職員勉強地苦笑了一下，「陳山先生……他早前因為一宗實驗室意外……喪生了。那已是……八天前的事。」

原振俠像是遭到了**雷擊**⚡一樣怔呆着。

八天前——原振俠**迅速**算了一下，剛好是他將鋼片

交給陳山之後的第二天。

只見那職員通了一個**電話**，然後對原振俠說：「陳先生完全沒有親人，如果你是他的朋友，我們公司的幾個負責人想見一見你。」

原振俠點了點頭答應，便跟着這個職員到會客室去，很快就有三個中年人一同來見他，他們自我介紹，其中一個半禿頭的男人是這間公司的**董事長**，另外兩人分別是人事部和陳山所屬部門的主管。

原振俠和他們寒暄了幾句後，人事部主管說：「陳君違反了公司的規章，未經許可，擅自在**夜間**啟用公司的精密實驗室，結果發生了**爆炸**，令公司損失──」

禿頭的董事長打斷了他的話，「算了，陳君已死，不必再追究他的過失。不過陳君有些遺物，不知道原先生是否可以接收？」

看到秘密的人都要死

人事部主管隨即補充道：「陳君一個親人也沒有，這些東西我們不好處置。」

原振俠苦笑了一下，「好的。不過，可不可以先告訴我，他為什麼會發生**致命意外**？」

另一個較胖的主管便開口道：「我叫田上，是陳君的上司，陳君在出事的那天，行為就很古怪。在中午休息時，他**神神秘秘**地給我看一樣東西，是一片鋼片，不知道有什麼用途——」

原振俠聽到這裏，不禁心頭一震，腦海裏在想，難道陳山的死和那片鋼片有關？

那麼，他豈不是間接害死了陳山？

田上主任繼續説：「他 詢問 我的意見，但我實在説不出那是什麼，只是隨便看了一下就還給他。當天晚上下班的時候，他告訴我還有點工作要做，並沒有離開公司。」

聽到這裏，原振俠便脱口而出：「他趁機利用實驗室的設備，去研究那片鋼片？」

田上主任點了點頭，「當時我和兩個助手正在第一號實驗室工作，而第三號實驗室裏只有陳君一人——」

按照規章，實驗室中如果有人在工作，門口會掛着「請勿擅進」的牌子，與實驗無關的人員是不准進入的。但據田上主任説，那天深夜，他們也料不到另外有人在，所以房門沒有鎖上。而陳山突然闖進來，好像有什麼要向世人宣布似的，極其興奮地説：「你們再也想不到，世界上只怕沒有人想得到！」

田上主任當時斥喝道：「陳君，請出去！」

陳山大笑，「哈哈，好，看看什麼時候你們會來哀求我，讓你們看看我這個**發現**！」

他說着，一個轉身又衝了出去，由於他沒有將門關上，所以田上主任等三人，可以看到他衝進了第三號實驗室。

田上主任有點**擔心**，便對兩名助手說：「我們去看看他究竟在搞什麼鬼！」

他們三人向第三號實驗室走去，聽到陳山在實驗室裏不斷說着話，他們知道，陳山是在**錄音**，把自己觀察到的情況即時錄下來，這是他們的慣常做法。

當他們差不多來到第三號實驗室的門口時，實驗室突然傳出陳山的一下**怪叫聲**！

那怪叫聲十分駭人，陳山在喊出一個人的姓氏。

田上主任向原振俠看了一眼，「原君，他叫的正是你的姓氏。」

原振俠的神情很**苦澀** 😔，因為他的室友羽仁五郎

遇害時同樣喊了他的姓氏，感覺就像他給兩個好朋友帶來

了**災禍**一樣，十分難受。

田上主任繼續敘述當時的情況，陳山喊完「原」之後，

便響起了兩下爆炸聲，門縫隨即有濃煙湧出來。

田上主任幾人拿了**滅火筒** 進去，盡快撲熄所有

火焰 。他們看到陳山伏在桌上，已經一動也不動，即使為他急救亦回天乏術。

第三號實驗室中的精密儀器幾乎損毀了一大半，**爆炸**的原因是一台主要儀器電源短路引起。

人事部主管把陳山的遺物交給原振俠，那只是一些非常普通的個人物品，原振俠忽然想起那鋼片，便問：「請問在陳君的遺物之中，那鋼片還在嗎？」

田上主任攤了攤手，「當時實驗室內全是**金屬碎片**，若不是警方帶走作證物，那就可能隨其他碎片清理掉了。」

原振俠有點失望，接着又問：「你說他當時在錄音，那麼他用來錄音的裝置呢？」

「那錄音機警方拿走作**證物** 了，不過看樣子毀壞得相當嚴重，難以修復。」

原振俠嘆了一口氣，再問田上主任：「那麼，當時你們聽到陳君說了些什麼嗎？」

　　「當時我們在門外，實在聽不清他說什麼，只有一句隱約能聽懂。」

　　「那一句是什麼？」原振俠緊張地問。

　　田上主任回想了一下，憶述道：「他好像說：『**這是人類沒能力造出來的合金**！』」

第十章

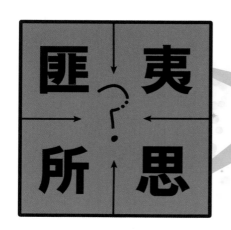

匪夷所思的嫌疑者

那塊小鋼片一定藏着什麼秘密，原振俠決定去找鐵男，看看警方有否在爆炸現場撿到了那塊鋼片，同時也想知道陳山的錄音機成功修復了沒有，在錄音中透露了什麼**訊息**。

原振俠來到警局找鐵男，他認得值日的警員，而那警員也認得他，笑道：「你來得不巧，鐵男他瘋了。」

「瘋了？」原振俠**大吃一驚**。

那值日警員笑了一笑，壓低聲音說：「他到東京去了，今天一早走的，說要追蹤一個嫌疑犯。」

「那你為什麼說他瘋了？」原振俠問。

那警員解釋道：「鐵男說有人偷掘墳墓，上司認為他簡直在胡鬧，不准他追查，他就利用自己的假期，私自到東京去。你知道他要**追蹤**的那個嫌疑犯是誰嗎？」

　　那值日警員四面看了一下，把聲音再壓低一些，說出了一個名字來。

　　原振俠聽了大感驚訝，「你說鐵男去追捕泉吟香？」

　　「夠**胡鬧**了吧？上司要是知道，一定把他革職！」

　　原振俠完全同意，因為泉吟香絕不是普通人，她是當今日本最炙手可熱的女歌星，征服成千上萬年輕人的心，

傳媒自兩年前開始，把這個現象稱為「吟香旋風」。

泉吟香是真正的**天王巨星**，在整個日本，可以說沒有一個人的名氣能和她比擬。這樣的一個人，怎麼可能會是**偷掘墳墓**的嫌疑犯？

可是原振俠想了一想，他和鐵男發現輕見博士的墳墓曾被挖過時前後的那段日子，泉吟香剛好在大阪拍攝一部**電影**，傳媒有廣泛報道，所以原振俠記得很清楚。但儘管如此，原振俠還是難以想像泉吟香會是挖掘墳墓，將輕見博士的頭骨砍下來的人，難道鐵男真的查到了什麼證據？

原振俠來警局，本來是想查問那塊**鐵片**和陳山那部**錄音機**的事，但鐵男不在，其他警員自然不肯向他透露證物的資訊，於是他決定到東京找鐵男，順便問清楚，他把泉吟香當作嫌疑犯，到底是怎麼一回事？

鐵男的電話總是接不通，原振俠留了**訊息**，便直飛到東京去，到達後，終於收到了鐵男的回覆，內容是他在東京的住宿地址，着原振俠立即去找他。

那是一家**小旅館**，原振俠找到鐵男後，連忙追

問他關於泉吟香的事，鐵男「哼」地一聲說：「你以為我是胡亂猜測的？不，我有充分的證據，可是沒有人肯相信我！」

原振俠吸了一口氣，「你是說，掘開輕見的墓，將屍體的頭顱砍下來的人，是那個嬌滴滴、人見人愛的大明星？」

「是！」鐵男咬牙切齒，語氣肯定，「有一件事我沒有告訴你，那天晚上，我和你遇見那位女子之後——」

原振俠忍不住在這裏插嘴道：「她叫黃絹，請繼續。」

鐵男呆了一呆，不明白原振俠如何知道對方的名字，但他繼續說下去：「當晚我和你分別之後，第二天一早，我又去了那墓地調查——」

身為一個有經驗的刑警，鐵男對於在現場搜集線索頗

有**信心**。他到了墓地之後，先來到當晚黃絹所指的墓前，那就是黃絹父親黃應駒教授的墓。鐵男本來有點懷疑突然出現的黃絹，但他仔細觀察了一下，黃絹説得沒錯，她父親的墓也像是在近期被挖掘過，而黃絹沒理由動自己父親的墳，所以她的嫌疑降低了。

鐵男接着看到地上有一道明顯的汽車**輪胎痕迹**，肯定是昨天留下來的，應該是黃絹的車子，而他亦看到了自己車子留下的輪胎痕迹。由於這裏絕少人來，就算是幾天之前留下的車痕，也不容易消失，除非下**大雨**，但過去幾天全是晴天，這令鐵男很有信心，繼續細心觀察四周。

沒多久，他又發現了另一道車痕，車痕顯示這輛車子曾駛過一片**草地**，將一大叢已經結了籽的狗尾草壓得東倒西歪，還未復原。

鐵男隨手採了一根**狗尾草**來，繼續沿着那陌生的車痕觀察，從痕迹的清晰度來判斷，這車痕大約是兩天到三天前留下來的，一直向前伸延到輕見博士的墓前。

　　那輪胎的**花紋**十分奇特，鐵男一看就能認出，那是屬於某款德國跑車特有的。

　　這款**跑車**的售價極高昂，即使在大阪這

樣發達的大城市，也不會超過三十輛，令調查範圍大大縮小。

獲得這○**線索**後，鐵男十分興奮，回到警局不到半小時，已經查出所有這款跑車車主的紀錄，車主自然全是富人。他又花了兩天時間去調查，卻完全找不到任何一輛車子當晚有到過**墳場**的可能。其中七輛甚至不在大阪，車主駕着車到外地去了。

調查沒有進展，鐵男的心情十分煩悶，有一天回到警局時，看到一隊警員**整裝待發**，便順口問了一句：「有什麼事？」

一個警官回答道：「泉吟香今天**拍外景**，想一睹風采的群眾太多了，我們奉命去維持秩序！」

鐵男當時只是「哦」了一聲，但腦海裏隨即靈光一閃，想起曾經看過一篇報道，説泉吟香嗜愛跑車，而她最喜歡

的一輛，正是那款德國跑車！大阪的車子可以離開大阪到別的城市去，東京的車子當然也可以到大阪來！

　　鐵男一面想着，一面搖頭，覺得這種想法太荒謬了。一個像泉吟香這樣的大明星，又是**嬌滴滴**的女子，怎麼可能和午夜盜掘墳墓，砍去屍體頭部的事聯想在一起？

但除了這個方向，已無其他 ○線索，所以鐵男還是轉身衝了出去，大聲問他的同袍：「泉吟香拍外景的地點在哪裏？」

外景地點是在大阪一家新落成的酒店，男女主角在酒店商場的一間花店邂逅。鐵男來到時，商場暫時封鎖着，但由於他的警察身分，所以能進入。他還跟一名工作人員聊了幾句，知道泉小姐是自己駕車來的，於是立即去停車場看看。

鐵男看到了那輛德國跑車，淺紫色，有着嫩黃的波紋。由於影迷實在太熱情，所以車子附近也有四名警員守着，不讓閒雜人等接近。

鐵男走過去，和看守的警員打了一個招呼，來到車子旁邊，彎身向車子的前輪看去，整張臉登時僵住，連呼吸也急促起來。因為他看到車子前輪胎的凹紋中，有

着**褐黃色**的乾泥，這種顏色的泥土，和墳場附近的泥土顏色極相似。而令鐵男**心頭狂跳**的不止於此，他還看到凹痕之中，有着斷裂的狗尾草！

一名駐守的警員看見鐵男的舉動，笑道：「怎麼了？你也是泉小姐的歌迷？看到她的車子就已經高興得快要昏過去了？」

鐵男清了一下喉嚨，才能說話。他先取出一張紙來，然後用隨身帶着的**小鉗子**，將車輪上的泥和狗尾草盡量取下來，還向那四名警員說：「如果有必要，請你們證明，這些草和泥土是我從這輛車子的輪胎上取下來的。」

那四個警員十分訝異，不斷問：「到底什麼事？」

只見鐵男專心一致地透過車窗，觀察着車廂內的情形。

車廂內很　**豪華**　，看不出和一個盜掘墳墓的人有任

匪夷所思的嫌疑者

何關係。鐵男來到了車尾，注視着行李箱，然後掏出工具，想把行李箱打開來。

四名警員大驚喝止：「喂喂，你想幹什麼？」

鐵男便嚇唬他們：「是緊急保安檢查！我收到情報，車子可能被人安裝了！」

「不是吧！」四名警員非常震驚，不敢阻撓鐵男行動。

鐵男的開鎖技術相當高明，但也費了幾分鐘，才成功將行李箱打開來。他首先看到的是一柄**鏟子**，鏟尖也有褐黃色的泥土殘留着。

而鏟子下面壓着一幅白綾。鐵男看到了那幅白綾，一摸上去，**心臟**幾乎要從喉嚨中跳出來。因為這幅白綾，和當晚所見覆蓋住輕見博士屍體的那幅，是一模一樣！（待續）

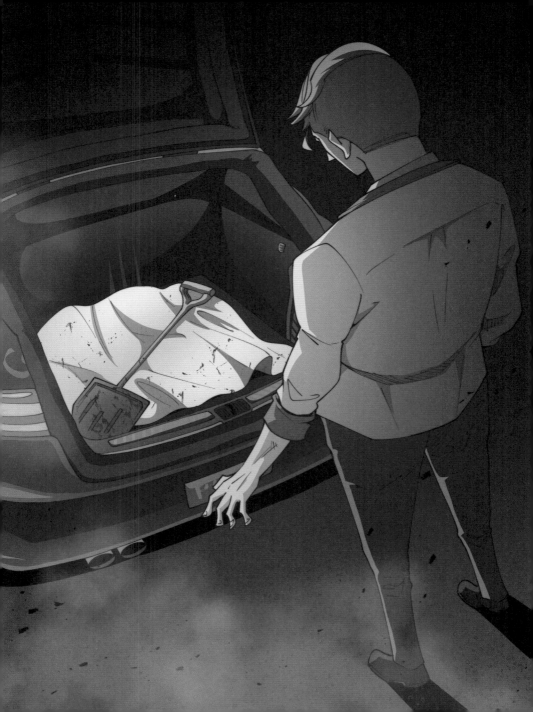

目前已披露的線索

證物 1 ： 鋼片

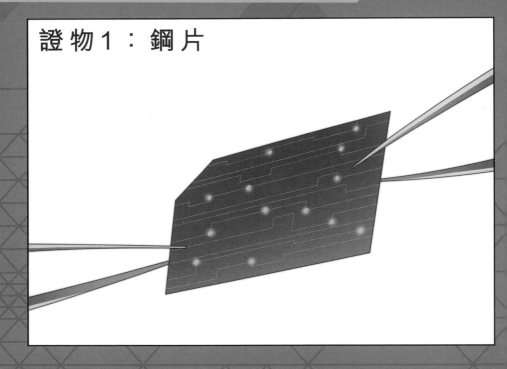

🔑 特徵：鋼片上附有骨骼，閃耀着一種殷藍色的光
　　芒，表面有着無數極細的刻痕，還有更小的
　　小孔排列着。

🔑 最後持有人：陳山（已死）

🔑 目前狀況：已在實驗室爆炸意外中消失。

證物 2 ：X 光片

特徵：屬於不死之人的頭部X光片。

最後持有人：黃應駒（已死）
羽仁五郎（已死）
海老澤

目前狀況：除了海老澤持有的X光片，其餘
關鍵的X光片均已燒掉或消失。

可疑人物：泉吟香

🔑 特徵：日本炙手可熱的女歌星。

🔑 疑點：她的車上有一柄鏟子和一幅白綾，鏟尖殘留着褐黃色的泥土，而白綾則和覆蓋住輕見博士屍體的那幅一樣，有盜掘墳墓的嫌疑！

謎團將會在下集解開……

原振俠系列 少年版 01 天人 上

作　　　　者：倪匡

文 字 整 理：耿啟文

繪　　　　圖：東東

責 任 編 輯：林沛暘

美 術 設 計：Ctrl G　張思婷

出　　　　版：明窗出版社

發　　　　行：明報出版社有限公司

　　　　　　　香港柴灣嘉業街18號

　　　　　　　明報工業中心A座15樓

電　　　　話：2595 3215

傳　　　　真：2898 2646

網　　　　址：http://books.mingpao.com/

電 子 郵 箱：mpp@mingpao.com

版　　　　次：二〇二三年六月初版

Ｉ Ｓ Ｂ Ｎ：978-988-8828-51-7

承　　　　印：美雅印刷製本有限公司

© 版權所有 • 翻印必究

本書之內容僅代表作者個人觀點及意見，並不代表本出版社的立場。本出版社已力求所刊載內容準確，惟該等內容只供參考，本出版社不能擔保或保證內容全部正確或詳盡，並且不會就任何因本書而引致或所涉及的損失或損害承擔任何法律責任。